L'auteur a bénéficié, pour la rédaction de cet ouvrage,
du soutien du Centre national du livre.

© 2007, l'école des loisirs, Paris
Loi numéro 49 956 du 16 juillet 1949 sur les publications
destinées à la jeunesse : septembre 2007
Dépôt légal : septembre 2007
Imprimé en France par Pollina à Luçon - N° L44941
ISBN 978-2-211-08947-0

Dorothée de Monfreid

NUIT NOIRE

l'école des loisirs
11, rue de Sèvres, Paris 6e

C'est la nuit.

Fantin marche dans la forêt.
Il est très petit et il a peur.

Tout à coup…

HOUOUHOU !

Qu'est-ce que c'est ?
Fantin s'arrête.
Vite, il trouve un arbre creux et se cache dedans.

Un loup !
Fantin tremble. Le loup allume un grand feu.

« Surtout, ne pas bouger », se dit Fantin.
Et puis, soudain, il entend…

GGGRRRRR !

Le loup sursaute.
Fantin se cache les yeux.

Quand il regarde à nouveau, un tigre est assis sur la souche.
Fantin transpire.

« Comme ce tigre a l'air féroce ! »
Mais brusquement…

RRÔÔÔAA !

Le tigre s'échappe.
Un troisième animal s'approche.

Un crocodile !
Fantin sent ses jambes ramollir.
Il se blottit dans le trou.

Et puis il sent quelque chose contre son dos.
À tâtons, il cherche… C'est une poignée de porte.

Fantin ouvre et entre.
« Un escalier ? Où suis-je ? »

L'escalier débouche dans une petite cuisine.
Fantin s'assied et boit le chocolat qui est sur la table.
C'est délicieux. Mais, tout à coup, il sursaute.
En face de lui, une porte est en train de s'ouvrir…

« Oh, un lapin ! » s'écrie Fantin.
« Oh, un enfant ! » dit le lapin. « Que fais-tu chez moi ? »
« Il y a des bêtes féroces dans la forêt », raconte Fantin.
« Je me suis caché et j'ai trouvé votre appartement. »

« Et maintenant, tu vas faire quoi ? »

« Je veux rentrer chez moi, mais j'ai peur. »

« Je vais t'accompagner », répond le lapin.

Il enfile une grande cape, attrape une valise et s'engage dans l'escalier.

Arrivé en haut, le lapin sort un masque de sa valise et le met sur sa tête.
Ensuite, il monte sur les épaules de Fantin.

Sous la cape, Fantin tremble.

« Ouvre la porte, baisse la tête et sors ! » dit le lapin.

Tout doucement, Fantin tourne la poignée.

« On peut y aller ! » chuchote le lapin.
« Avance tout droit et rugis comme un lion. »

GGRRRÔÔÔAHOU !

« Continue à gauche, c'est par là », dit le lapin.

GGRRRÔÔÔAHOU !

« Je vois ma maison ! » s'écrie tout à coup Fantin.
Et il se met à courir, courir, jusque chez lui.

Il ouvre la porte, entre et referme aussitôt.

« Ouf ! » dit Fantin.
« Sauvés », dit le lapin.
« J'ai faim », dit Fantin.
« Moi aussi », dit le lapin.

TOC TOC TOC !

« Tiens, qui est-ce ? » demande Fantin.

« Ouvrez-nous, s'il vous plaît ! Il y a un monstre dans le bois ! »

« Une minute », répond le lapin.

« Bonjour », dit Fantin-le-monstre en ouvrant la porte.
« AU SECOURS ! » crient le loup, le tigre et le crocodile.

Ils s'enfuient en courant à toute allure…

... puis disparaissent dans la forêt.

« Maintenant, j'ai vraiment très faim », dit Fantin.
« Moi aussi », dit le lapin.

Et il remplit deux tasses de chocolat,
une pour lui, une pour Fantin.

« À ta santé, le monstre ! »